AF538216

Annette Roeder

DIE KRUMPFLINGE

Egon wird großer Bruder

Annette Roeder

DIE KRUMPFLINGE

Egon wird großer Bruder

Band 6

Mit Illustrationen von

Barbara Korthues

cbj

Bei diesem Buch wurden die durch das verwendete Material und die Produktion entstandenen CO_2-Emissionen ausgeglichen, indem der cbj-Verlag ein Projekt zur Aufforstung in Brasilien unterstützt.
Weitere Informationen zu dem Projekt unter:
www.ClimatePartner.com/14044-1912-1001

Verlagsgruppe Random House
FSC® N001967

Sollte diese Publikation Links auf Webseiten Dritter enthalten, so übernehmen wir für deren Inhalte keine Haftung, da wir uns diese nicht zu eigen machen, sondern lediglich auf deren Stand zum Zeitpunkt der Erstveröffentlichung verweisen.

3. Auflage
© 2016 cbj Kinder- und Jugendbuchverlag in der Verlagsgruppe Random House GmbH, Neumarkter Str. 28, 81673 München
Alle Rechte vorbehalten
Vermittelt durch die Literarische Agentur Barbara Küper
Umschlag und Innenillustrationen: Barbara Korthues
Serienlogo: Barbara Korthues
Lektorat: Hjördis Fremgen
hf · Herstellung: AJ
Satz und Reproduktion: Lorenz & Zeller, Inning a. A.
Druck: Grafisches Centrum Cuno GmbH & Co. KG, Calbe
ISBN 978-3-570-17284-1
Printed in Germany

www.cbj-verlag.de
Dieses Buch ist auch als E-Book erhältlich.

Inhaltsverzeichnis

Aus Albis Freundebuch

Vorname: Egon

Nachname: Krumpfling

Haare: babyspinatgrün und überall am Körper

Augen: glupschig

Größe: 17,3 cm, wenn ich mich strecke

Besondere Merkmale: herzförmiger Fleck rechts auf der Brust

Das bin ich:

ganz schön, gell?!

Familie: ungefähr 49 Krumpflinge, wir sind alle miteinander verwandt

Ich wohne: Krumpfburg Nr. 22, in der roten Kindergießkanne mit den weißen Punkten (der Skistiefel wär mir lieber)

Alter: weiß ich nicht, aber ich bin der Jüngste der Krumpfling-Sippe

Lieblingsessen: Schimmelpilze mit Semmel-Knödeln

Lieblingsgetränk: Frisch gebrühter Krumpftee (am gernsten den aus Albis Schimpfwörtern)

Was mir gar nicht schmeckt: lol-Brause, bäh, da muss ich pupsen

Meine Hobbys: andere ärgern (aber so, dass sie nicht weinen müssen), schlafen, Teelöffel-Hockey spielen

Was ich einmal werden möchte: Dieb oder Ganove

Wovor ich Angst habe: Hunde und manchmal Oma Krumpfling

Meine besten Freunde: Albert Artich und sonst Keiner

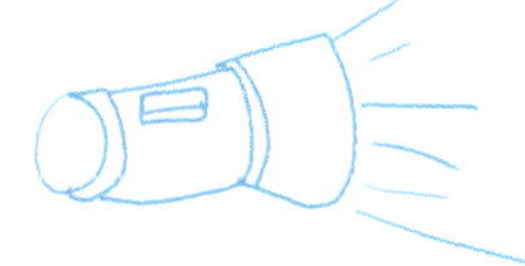

Egon schießt ins Aus

Auf dem Teelöffel-Hockeyplatz herrschte ein herrliches Tohuwabohu. Die Mampflinge wollten die Krumpflinge zu einem Wettkampf herausfordern! Wann dieser genau stattfinden sollte, hatten Oma Krumpfling und Großi Mampfling noch nicht festgelegt.[1] Trotzdem trainierten die Krumpflinge nun dreimal in der Woche vor dem Schlafengehen Teelöffel-Hockey. Und weil Trainer Plerri auf keinen einzigen Spieler verzichten wollte, durfte Egon Krumpfling neuerdings auch regelmäßig mitspielen. Er benahm sich meistens zwar zu höflich für einen guten Stürmer und traf nicht immer ins Tor, aber er war einer der schnellsten Läufer. Und weil er der kleinste Krumpfling war, konnte sich Egon

---

1 Wie die Krumpflinge die Mampflinge kennengelernt haben, kannst du in Band 5 „Egon rettet die Krumpfburg“ nachlesen.

sehr geschickt durch die raufenden Gegner fädeln. Auch jetzt wuselte er gerade der Murmel hinterher. Wobbel begrub diese jedoch unter seinem Bauch, indem er sich einfach vor Egons Teelöffel fallen ließ. Mit einem Satz über Wobbels Rücken gelang es Egon, einen Zusammenprall zu verhindern. Als er sich umdrehte, zerrte Zara bereits an Wobbels rechtem Fuß. Zwurz sprang seiner Zwillingsschwester auf den Rücken und zog an ihrem Zopf. Sie drehte sich nun kreischend im Kreis, um ihn abzuwerfen. Egon konnte sich gerade noch rechtzeitig unter Zwurz‘ Schläger wegducken.

Inzwischen begannen Fieselise und Lutschki, ihre Teelöffel gegeneinander zu schlagen. Begeistert machten die anderen Krumpflinge mit. Sogar

Panko und Kniff, die heute in den Toren standen, kamen dazu.
„Ihr Knallwürstchen sollt foulen, nicht fechten!“, schrie Trainer Plerri so laut, dass sein Hals ganz dick wurde. Beinahe wäre sein goldenes Kett-chen zerrissen! „Holt euch halt die Murmel unter der Dampfnudelwampe raus!“
„Genau, macht ihr mal, was der Trainer sagt!“, bestätigte der schleimige Schorschi von der Reservebank aus.
„Ich habe aber keinen Dampfwanst!“ Wobbel drehte sich auf den Rücken, um allen seinen Bauch zu zeigen. Dabei rollte die Murmel unter ihm heraus.

Zara und Zwurz begannen sofort, um den freien Ball zu streiten. Das war die Gelegenheit für Egon! Er witschte zwischen den Zwillingen durch, erwischte die Murmel mit der Vorhand und dribbelte Richtung Tor. Keiner konnte ihn einholen. Noch wenige Schritte bis zum Schussraum!
„Krumpfstark, Egon!“, jubelte Trainer Plerri. „Und jetzt vergiss die Regeln und schlenz den Schusser mit Schmackes in die Schachtel!“
Egons grünes Nasenfell wurde leberblümchenblau vor Freude. Trainer Plerri hatte ihn nicht wie sonst immer aufgefordert, den Ball an einen besseren Torschützen abzugeben. Das war der Moment, es allen zu zeigen! Er zwickte die Glupschaugen zusammen und konzentrierte sich auf die Seifenschachtel, die als Tor diente. Dann holte er mit dem Teelöffel aus ... Die Murmel flog weit über die obere Kante der Schachtel. Sie flog auch über den Turm der Krumpfburg. Ja, sie flog sogar aus dem geöffneten Kellerfenster hinaus!

Wobbel findet einen Ersatzball

Ein kreisrunder Mond beleuchtete den Garten der Villa Artich. Egon kannte sich hier ganz gut aus. Er hatte mit seinem Menschenfreund Albi, der im Haus über der Krumpfburg wohnte, schon oft heimlich im Garten gespielt. Besonders gerne trafen sich die beiden in der alten Laube oder im Gewächshaus von Herrn Artich. Doch nach Einbruch der Dunkelheit wirkte alles ganz fremd. Wie schwarzblaue Monster bewegten sich die Schatten der Eschenzweige auf dem kurz gemähten Rasen. Egon war es auf einmal nicht

mehr wohl in seinem grünen Pelz. Aber der Trainer hatte befohlen, dass er die Murmel wieder zurückbringen sollte – schließlich hatte er sie ins Aus geschossen.
Zum Glück war Egon nicht allein. Weil sechs Glupschaugen mehr sahen als zwei, mussten Wobbel und Schorschi Egon begleiten. Auf seine schwächsten Spieler konnte Trainer Plerri im Notfall verzichten, auf den einzigen Hockeyball allerdings nicht. So durchkämmten die drei das Blumenbeet am Kellerfenster. Aber außer Lavendel, Rosen und einer schnarchenden Weinbergschnecke gab es hier nichts zu finden. Auch auf den Kiesweg war die Murmel nicht gerollt. Und selbst in der Wiese dahinter ent-

deckte keiner der drei Krumpflinge den Ball. Eine grüne Glasmurmel ist im grünen Gras auch schwerer zu finden als ein Krumpflingshaar in einem Sack voller Filzwolle!

Plötzlich verfärbte sich der Mond dottergelb. Der Lichtschein im Garten wurde schwächer. Anscheinend zog ein Unwetter auf. Die Suche gestaltete sich immer schwieriger.

„Ohne die Murmel brauchen wir gar nicht zurückkommen“, sagte Egon verzweifelt. „Sonst zieht uns der Plerri die Löffelohren lang.“

„Und wem haben wir das Schlamassel mal wieder zu verdanken?“ Schorschi bohrte Egon die spitze Zeigekralle in den Rücken. „Dem klitzekleinen Herzkasperl da, gell!“

Auch wenn Schorschi ausnahmsweise recht hatte – das ließ sich Egon nicht gefallen und rief: „Ich bin gar nicht klein! Du bist höchstens um eine Stinkwanzenlänge größer als ich. Und jetzt lasst uns drüben bei den Vogelsangs nachsehen."
Schorschi und Wobbel kletterten murrend hinter Egon durch den Gartenzaun. Auf dem Nachbargrundstück wollten sie zuerst den Kompost durchwühlen. Ächzend krabbelten sie über Kartoffelschalen, verfaulte Aprikosen und aufgeweichte Krumpfteekrümel. Dusselkurt, der Müllmann der Krumpflinge, entsorgte hier nämlich regelmäßig die Krumpfteeabfälle. Obwohl Egon die Glupschaugen weit aufsperrte, war kaum noch etwas zu erkennen. Der Mond schimmerte jetzt seltsam rötlich hinter einer Wolke hervor. Auf dem Gipfel des Haufens schnappte sich Wobbel eine zermatschte Birne.
„Zeit für einen kleinen Snack", sagte er und riss sein breites Maul auf. Egon sah noch, wie Wobbel in die Birne biss. Ein letzter Mondstrahl

zeigte wie eine lange Kralle auf die Stelle, auf der sein gefräßiger Banknachbar stand. Dann wurde es schlagartig krumpflingsnasenschwarz. Nun sah Egon nichts mehr. Aber er hörte Wobbel schmatzen. Plötzlich ertönte ein Schrei: „Oiii-AUUU!“

Egon erstarrte. Bestimmt war von der anderen Seite des Komposthaufens Bazi, der Dackel von Vogelsangs, angeschlichen und hatte den armen Wobbel verschluckt!

Als wäre auch der Mond durch Wobbels Aufschrei neugierig geworden, kam er plötzlich hinter der Wolke hervor. Egon war sehr erleichtert, als er sah, dass sich Wobbel recht lebendig vor ihm im verfaulten Gemüse wälzte.

„Was plärrst du denn wie ein Brüllameisenbär?“, wollte Schorschi wissen.
„Mich hat was in den Popo gebissen“, jammerte Wobbel. Dabei zog er etwas unter seinem Hinterteil hervor. Das Ding war ungefähr so groß wie eine Murmel. Es schimmerte grünlich im Mondlicht, das nun wieder hell wie eine Taschenlampe strahlte. Egon konnte erkennen, dass sein Banknachbar auf die spitze Seite einer kleinen Nuss gefallen war.
Wobbel leckte sich über die Lippen. „Ich hab die Schimmelnuss gefunden, dann darf ich sie auch essen!“
Bevor er sie knacken und hineinbeißen konnte, schnappte Egon sie ihm schnell aus der Pfote. Sie war zwar nicht ganz so rund wie die Hockey-Murmel, aber genauso groß und grün. Damit konnten sie weitertrainieren!

Professor Honigschwamm bekommt was auf die Schnauze

Als Egon, Wobbel und Schorschi kurz darauf auf den Teelöffel-Hockeyplatz zurückkehrten, herrschte dort immer noch Tohuwabohu. Der Grund dafür war diesmal Professor Honigschwamm, der Lehrer der Krumpflinge. Er hatte nach dem Rechten sehen wollen, weil seine Schüler noch immer nicht in ihren Höhlen lagen. Und das, obwohl inzwischen längst Schlafenszeit war! Nun stritt er aufgebracht mit Trainer Plerri. „Ja, hast du denn alle Eierbecher im Hirnkästchen, alle Eierbecher? Du kannst doch nicht drei

kleine Krumpflinge bei Dunkelheit nach draußen schicken! Bei Dunkelheit!“

„Bleib mal locker, Professor, die Batzburschen sind doch wieder da.“ Trainer Plerri deutete erleichtert auf die zurückgekehrten Krumpflinge. Dann kratzte er sich etwas verlegen unter seinem Käppi. „Ohne Ball können wir halt nicht trainieren. Und ohne Training können wir den Wettbewerb nicht gewinnen. Da muss sich halt jemand für die Mannschaft opfern.“

Professor Honigschwamm schnappte nach Luft. „Deine Anweisung war krumpflebensgefährlich. Verantwortungslos war das von dir, verantwortungslos!“

„Na, ist doch klar, dass ein guter Krumpfling keine Verantwortung übernimmt!“, verteidigte sich Trainer Plerri.

Jetzt plusterte sich Professor Honigschwamm auf. „Du willst mir erklären, wie sich ein guter Krumpfling zu verhalten hat? Du, der vermutlich anstelle eines Hirns eine Hockey-Murmel im Kugelkopf hat, anstelle eines Hirns? Ich sag dir mal, was einen guten Krumpfling ausmacht ...“ Eine Zeitlang lauschten die Krumpflinge dem Streit der Erwachsenen, aber dann wurde ihnen langweilig. Was Professor Honigschwamm über die Aufgaben und Pflichten eines Krumpflings zu sagen hatte, kannten sie bereits in- und auswendig. Also kickte Kniff Egon die Nuss aus der Pfote. Glupschinella fing sie und passte sie direkt auf Adelheids Bauch. Weil die gerade in ihrem Nabel pulte, prallte die Nuss ab und flog zu Schorschi. Aber der schlug mit seinem Teelöffel mindestens eine Löffelohrlänge darüber weg, sodass sie wieder zu Egon rollte. Egon holte mit dem Schläger weit aus ... besann sich auf

seinen letzten, missratenen Schlenzer und versuchte, die Nuss weniger fest zu erwischen. Und wirklich, diesmal flog sie nicht ganz so hoch. Dummerweise traf sie Professor Honigschwamm jedoch direkt auf die Schnauze. Die Brille des Lehrers segelte durch die Luft. Professor Honigschwamm plumpste auf seinen Po und die Nuss rollte ihm auf den Schoß.
„Öha!", sagte er verdutzt und hielt das Geschoss mit beiden Pfoten fest.
Die Krumpflinge und Trainer Plerri brachen bei diesem Anblick in Gekicher aus.
„Das war der Egon, gell!", plärrte Schorschi, bevor der Professor überhaupt nach dem Übeltäter fragen konnte.

Egon klappte die Löffelöhrchen flach nach hinten. Jetzt würde es gleich ein ordentliches Schimpfgewitter geben. Trotzdem nahm er all seinen Mut zusammen, bückte sich nach der Brille und setzte sie seinem Lehrer wieder auf.
Doch nichts geschah. Die Schimpftirade blieb aus. Hatte Egon den Professor mit der Nuss zu fest am Kopf getroffen?
„Ah und oh", flüsterte Professor Honigschwamm und starrte auf die Nuss. „Ein Wunder!", rief er nun. Er hob die Nuss hoch über seinen Kugelkopf und grinste in die Runde. „Seht das Wunder in meinen Pfoten, das Wunder!"
Trainer Plerri tippte sich mit der Zeigekralle an die Stirn. „Ich sag ja immer: Zu viel Lesen macht gaga."
Professor Honigschwamm gluckste. „Mein lieber Ballblödel, hättest du in der Abschlussklasse besser aufgepasst, anstatt ständig diesen Dummmurmeln hinterherzujagen, dann wüsstest du, was ich hier in meinen Pfoten halte. In meinen Pfoten."

Dusselkurt, die starke Netti, die Bibliothekarin Fräulein Glemmer und alle anderen. Der Professor hatte unterwegs alle Krumpflinge aus ihren Höhlen getrommelt. Doch als Oma Krumpfling erspähte, dass er ihr etwas entgegenstreckte, vergaß sie alles – auch die späte Stunde und ihre Frisur. Mit einem Satz hopste sie aus der Tasche heraus.

„Ein Geschenk? Immer her damit! Was ist denn das?"

Professor Honigschwamm trat auf sie zu und legte ihr die Krumpfnuss in die Arme. So zärtlich als würde er ihr ein Baby überreichen.

„Es ist wieder soweit." Seine Stimme zitterte vor Rührung.

Oma Krumpfling beschnüffelte die Nuss von allen Seiten. Langsam dämmerte auch ihr, was für eine Kostbarkeit sie da hielt.
„Sind sie sicher, Professor?“, fragte sie ungläubig.
Der Professor nickte so eifrig, dass ihm die Brille beinahe schon wieder von der Schnauze rutschte.
„Krumpfburgsicher“, bestätigte er. „Diese Krumpfnuss wurde im Moment einer absoluten Mondfinsternis im Krumpfteeabfall aufgefunden.“
„Und zwar von mir, gell!“, plärrte Schorschi dazwischen.
Der Professor tätschelte stolz den Seitenscheitel seines Musterschülers.
„Aber ich hab mich doch draufgesetzt“, protestierte Wobbel. Doch dafür erntete er nur einen vorwurfsvollen Blick des Lehrers.
„Meinen Berechnungen nach konnte die Nuss im Krumpfteeabfall exakt 12 Stunden und 12 Minuten reifen, denn Dusselkurt hat den Müll heute morgen beim ersten Schulkuckucksruf

rausgebracht. Nach Hans-Georgs Auskunft fiel der letzte Strahl des Vollmondes vor der Verfinsterung direkt auf die Nuss."
„Genau!", quäkte Schorschi. „Ich hab's genau gesehen!"
Egon hatte das zwar alles nicht so genau gesehen, trotzdem spürte er, dass hier etwas Außergewöhnliches passierte. Auch die restlichen versammelten Krumpflinge lauschten aufmerksam. Nur Trainer Plerri nicht. Der meinte: „Also gut, Kameraden, dann ist das halt eine besonders besondere Nuss. Aber ich bräucht jetzt trotzdem einen neuen Ball fürs Training."
Oma Krumpfling pustete ihm die Kappe vom Kugelkopf.
„Pfffff! Nix da! Ich rufe hiermit den Ausnahmezustand aus. Jeder von euch Trollgnomen kugelt nach Hause und bringt mir sofort seine Krumpftee-Ration zurück."
Die Krumpflinge murrten, buhten und pfiffen. Warum sollten sie etwas hergeben?
„Ruhe!", donnerte Oma Krumpfling. Doch dann

erklärte sie den Grund für diese Zumutung: „Hört her, aufgrund von sehr besonderen Umständen dürfen wir Krumpflinge möglicherweise bald ein grünes Wunder erleben. Aähm. Also ich mach's lieber kurz. Ich braue jetzt eine Nährlösung nach einem alten Geheimrezept meiner Uroma. Dazu brauche ich jeden Tropfen Krumpftee und noch ein paar andere Düngemittel."

„Und dann?", wisperte Fieselise ehrfürchtig. Professor Honigschwamm konnte nicht mehr an sich halten. „Dann ernten wir in Kürze einen neuen Krumpfling!", jubelte er. „Einen neuen kleinen Krumpfling, einen ganz kleinen!"

Egon wird Gärtner

Trainer Plerri und die kräftige Netti schichteten auf Geheiß der Chefin einen großen Scheiterhaufen aus Zündhölzern. Darüber hievten sie eine Blechtasse auf eine Hängevorrichtung und entfachten ein Feuer. Oma Krumpfling bettete die Nuss vorsichtig in Fräulein Glemmers Arme und begann mit Brutzeleifer die Nährlösung zu brauen. Als Erstes kippte sie all den Krumpftee hinein, den ihr die Krumpflinge widerwillig gebracht hatten.

„Muss ich meinen Tee wirklich hergeben?“, fragte Wobbel unglücklich.

„Natürlich! Der neue Krumpfling soll doch ordentlich böse werden, oder etwa nicht?“, erklärte Oma Krumpfling streng. Sie riss Wobbel das Schnapsgläschen aus der Pfote und schüttete den Inhalt in die Tasse.

Als die Flüssigkeit um ein Zwölftel eingekocht war, rührte die Sippenchefin zwölfmal links herum um. Dann zwölfmal rechts herum. Dann wieder zwölfmal links. Und so weiter. Inzwischen häckselte Professor Honigschwamm mit einer Glasscherbe roten, schwarzen und grünen Schimmel in möglichst feine Stückchen. Dusselkurt wurde trotz der Dunkelheit hinauf in den Garten geschickt, um einen gestrichenen Fingerhut voller Schneckenschleim zu sammeln.
Bei der Menge durfte nicht geschlampt werden, damit der zukünftige Krumpfling nicht zu schleimig wurde.
„Bei mir hast du mindestens zwei Fingerhüte voller Schneckenschleim hineingekippt, gell?“, überlegte Schorschi stolz.
Oma Krumpfling kniff ihn grinsend in den Bauch. „Sogar drei, Hans-Georg. Aber es kann ja immer nur einen Liebling geben!“

Sie kostete schmatzend die eingedickte Nährlösung. Offensichtlich war sie mit dem Ergebnis zufrieden.

„Die Nährlösung ist gelungen. Ich begieße jetzt die Nuss damit." Mit einem Ächzen stemmte sie die Tasse hoch über Fräulein Glemmer und die Nuss in ihren Händen. Die Bibliothekarin wurde zitronengelb vor Schreck.

„Ähem. Wenn ich noch einen kleinen Vorschlag machen dürfte, einen Vorschlag ..." Professor Honigschwamm zwirbelte seine Bartspitzen.

„Wir sollten die Krumpfnuss zuerst einpflanzen."

Fräulein Glemmer seufzte erleichtert und Oma Krumpfling kratzte sich unter ihrem Nachthemd den Bauch.

„Zum Spargelspinnenpoppes. Das hätte ich jetzt glatt vergessen. Doch wo finden wir einen Blumentopf mit Erde drin, der schön pupswarm steht?"

Alle Krumpflinge sahen sich ratlos an. In der Krumpfburg gab es viel Müll und Krempel. Sogar einen Kaktus. Aber dessen vertrocknete Wurzeln steckten schon lange nicht mehr in Erde, sondern waren mit Superkleber auf den Burghof geklebt.

Vorsichtig meldete sich Egon zu Wort.

„Im Gewächshaus von Herrn Artich gibt es Blumentöpfe und Erde und warm ist es auch", erklärte er schüchtern. Er hoffte, dass Oma Krumpfling nicht nachfragen würde, woher er das wusste. Schließlich konnte er schlecht erklären, dass er dort mit seinem Freund Albi immer Verstecken spielte! Aber Oma Krumpfling schöpfte keinerlei Verdacht.

„Dann wäre das Problem also auch gelöst. Auf geht's zum Gewächshaus!"

Wenn jemand die 50 pelzigen Bällchen gesehen hätte, die nun mit Streichholzfackeln, einer grünen Nuss und einer Blechtasse durch den Garten der Artichs wanderten, hätte er sich sicher sehr gewundert. Aber zum Glück war außer einer Fledermaus um diese späte Stunde keiner mehr unterwegs. Und die interessierte sich nicht für ihre flügellosen Kollegen.

In einer Ecke des Gewächshauses fanden die Krumpflinge schließlich, was sie suchten: einen hübschen Blumentopf aus Ton, den Herr Artich allerdings schon bepflanzt hatte. Oma Krumpfling riss die kleine Hyazinthe samt Zwiebel heraus und bohrte stattdessen ein tiefes Loch in die feuchte Erde. Weil Egon die gute Idee mit dem

Gewächshaus gehabt hatte, durfte er die Nuss sogar selbst hineinlegen. Schorschi wurde fliederlila vor Neid, als er das mit ansehen musste!
Oma Krumpfling wischte die erdigen Pfoten an ihrem Nachthemd ab.
„Prima. Jetzt brauchen wir noch einen Trottelbollen, der hier Tag und Nacht Wache schiebt und regelmäßig gießt."
Natürlich meldete sich für so eine verantwortungsvolle Aufgabe niemand freiwillig.
Also bestimmte sie: „Hiermit ernenne ich Egon Krumpfling zum Oberkrumpfnussgärtner.
Schließlich war das seine Idee gewesen,
die Krumpfnuss so fern ab vom Schuss zu vergraben."
Da war Schorschi gleich wieder sehr zufrieden.
Egon dagegen ließ die Öhrchen hängen.
Warum musste immer er die semmeldummen Aufgaben zugeteilt bekommen?

So eine Katastrophe!

„Und wehe du passt nicht gut auf das Wuschelwürmchen auf. Ich komme regelmäßig zur Kontrolle vorbei!“, drohte Oma Krumpfling noch, bevor sie sich mit der restlichen Sippe zum Schlafen in die Krumpfburg zurückzog. Egon hockte auf dem Rand des Blumentopfs und starrte auf die braune Erde.
„Ich freue mich schon darauf, wenn wir dich ernten“, erzählte er der Nuss. „Dann bist du der Kleinste. Das ist nicht immer leicht. Aber mach dir nichts draus, ich bin ja dann da und kann dir helfen, wenn dich die anderen zu sehr ärgern.“ Darauf summte er leise ein Lied:

„Das Krumpfnüsslein, es schlafet,
ganz tief im Mondenschein.
Bereit für fiese Zeiten

im neuen Krumpflingsheim.
Es schüttelt sich der Albdruckbaum,
schmeißt runter ihm 'nen Traum.
Schlafe, schlafe,
schlafe fein, mein Krumpfnüsslein."

Egon streckte sich und gähnte. Wenn es mitten in der Nacht ist und man nichts anderes zu tun hat, als nicht einzuschlafen, kann die Zeit ganz schön lang werden. Er gähnte noch einmal. Seine Lider ließen sich kaum noch offen halten. Oma Krumpfling hatte ihm befohlen, rund um die Uhr auf die kleine Nuss aufzupassen. Besser wäre es, etwas zu tun, bevor er gleich einnickte.
Also kletterte Egon vom Blumentopf herunter und goss seinen zukünftigen Bruder mit etwas Nährlösung.

Nachdem er die Tasse wieder sorgfältig abgestellt hatte, machte er einen Rundgang durch das Gewächshaus. Albis Vater war ein sehr ordentlicher Gärtner: Beim Eingang gab es Gemüse, wie Tomaten, Bohnen und Schlangengurken. In der Mitte hatte er Erd- und Heidelbeerkulturen angelegt. Und am hinteren Ende, rund um die Krumpfnuss, blühten duftende Blumen. Dort versuchte Herr Artich nämlich neue, besonders gesunde Sorten zu züchten, die nicht so anfällig für Schädlinge waren. Spritzmittel waren bei den Artichs verpönt!
Egon knabberte ein bisschen an den grünen Bohnen, doch die machten ihm Pupspropeller in seinem Kugelbauch. Dann schleuderte er eine Zeit lang überreife Beeren gegen die Glasscheibe. In den Flecken konnte man lustige Formen erkennen, wie Oma Krumpflings Pantoffel oder Schorschis Seitenscheitel. Aber auch das wurde ihm bald langweilig. Außerdem wollte er die Krumpfnuss nicht zu lange aus den Augen lassen.

Und das war auch gut so! Als Egon wieder bei den Blumentöpfen ankam, bewegte sich dort etwas Grünes an einer Osterglocke entlang. Direkt neben dem Topf mit der Krumpfnuss! Zuerst dachte Egon, der Baby-Krumpfling wäre bereits geschlüpft und wolle sich davonstehlen, aber dann sah er genauer hin. Am Stängel der Osterglocke krabbelte eine riesige spinatgrüne Raupe. Wenn sie sich aufrichtete, würde sie Egon mindestens bis zum Bauchnabel gehen.

„Ojehmineh Schabrackenschreck!“, jammerte Egon. „Ist das ein gruseliges Wabbelvieh!“ Spinnen, Käfer und Asseln mochte Egon ja sehr gerne. Aber diese Raupe hatte richtige Schneidezangen an ihrem Maul! Damit konnte sie sogar dicke Stängel abzwicken, wie man an den bereits zerstörten Pflanzen ringsherum sah. Nicht auszudenken, was sie mit dem kleinen Krumpfling anstellen würde, wenn der anfing zu wachsen. Da war keine Zeit zu verlieren!

„Egon Krumpfling, sei kein Weichschneckenei!“, sprach Egon sich Mut zu. „Dieses gefräßige Matschmonster muss schleunigst nach draußen geschafft werden.“

Obwohl sich Egon wirklich ekelte, sprang er auf den Topf mit der Osterglocke und fasste das Tier um den weichen Bauch.

„Du knabberst meinen kleinen Bruder nicht an!“, schimpfte er und zog.

Doch die Raupe klammerte sich mit ihren 16 Beinen an der Osterglocke fest. Sie wollte ihr Festmahl nicht unterbrechen.

„Hauruck!“, stöhnte Egon und zog fester. Und dann noch einmal. „Hauruck!“ Beim dritten Hauruck schaffte er es. Mit einem PLOPP lösten sich die Raupenfüße. Egon verlor das Gleichgewicht und taumelte nach hinten über den Blumentopf. Von dort stürzte er direkt auf die Kante der Blechtasse. Diese kippte unter dem Gewicht von Raupe und Krumpfling um. Bis Egon die Raupe von sich geschoben hatte, auf seinen Füßen stand und die Tasse wieder aufrichten konnte, war fast die ganze Nährlösung herausgelaufen. Und bis auf ein paar wenige Tropfen zwischen den Steinplatten versickert.

Ein guter Freund hilft in der Not

Als Egon sah, was er da angerichtet hatte, musste er weinen. Bald käme Oma Krumpfling zur Kontrolle und würde sehen, dass er die kostbare Nährlösung verschüttet hatte! Aber was noch schlimmer war als diese schauerscheußliche Aussicht: Egon hatte sich doch schon so auf den neuen kleinen Krumpfling gefreut!
Er weinte so bitterlich, dass seine Glupschaugen brannten. Aber dann wischte er sich mit dem Arm über die rotzige Schnauze und sagte sich: „Egon Krumpfling, sei kein Jammerwaschlappen. Heulen hilft selten in der Not! In der Not …“
Er stockte. „In der Not helfen gute Freunde! Und ich hab nicht nur einen guten, sondern einen besten!“
Wie eine grüne Silvesterrakete schoss der Krumpfling mit dem Rest der Nährlösung kurz

darauf ins Zimmer von Albert Artich. Der schlief natürlich tief und fest. Es war ja noch ganz, ganz früh am Morgen. Die Sonne streckte gerade ihre ersten Strahlen über den Fenstersims.
Egon musste Albi an den Zehen kitzeln, ihm ins Ohr pusten und zuletzt zart in die Nase beißen. Erst dann schlug Albi die Augen auf.
„Egon, wie lieb, dass du mich wecken kommst!", rief er begeistert, als er den kleinen Kerl auf seiner Brust entdeckte.
Doch Egon fing gleich zu jammern an: „Mein asselfeines Brüderlein vertrocknet gerade in seiner Nuss und ich werde für immer der Kleinste bleiben. Und Oma Krumpfling wird mich aus Wut zu Krumpfmus zermörsern!"
Albi kapierte zunächst nur, dass Not am Krumpfling war.

Er hüpfte aus dem Bett und schlüpfte in seine Hausschuhe. Währenddessen erklärte Egon, um was für eine Katastrophe es sich handelte.
„Okay, ich verstehe, wir brauchen schnellstens neue Nährlösung!“, folgerte Albi und untersuchte die Blechtasse. Außer wenigen Tropfen war darin nicht viel zu sehen.
„Genau! Aber wie bekommen wir neue Nährlösung? Wir haben doch keinen Krumpftee mehr und ich weiß auch nicht mehr, wie oft Oma Krumpfling links rum und rechts rum gerührt hat!“
Egon rang verzweifelt die Pfoten. Währenddessen hielt Albi die kleine Probe unter das Licht seiner Nachttischlampe.
„Diese Brühe erinnert mich an etwas. Hm ... Genau dieselbe können wir natürlich nicht herstellen. Aber zumindest etwas, was genauso aussieht. Komm schnell in die Küche!“
Egon schöpfte neue Hoffnung. „Du bist ein Superschlauschlawuzi, Albi! Hauptsache Oma Krumpfling sieht keinen Unterschied!“
Obwohl Egon noch ein Pröbchen der Nährlösung

mitgebracht hatte, war es nicht einfach, sie nachzubrauen. Eingedickter Krumpftee hat ungefähr die Farbe von Spülwasser, dünnem Kaffee und aufgetautem Spinat. Als die Farbe einigermaßen stimmte, war die Mischung jedoch dick wie Brei. Albi fügte Orangensaft dazu. Die zähflüssige Konsistenz des Schneckenschleims konnte er durch Klebstoff herstellen. Aber wie den gehackten Schimmel ersetzen? Die beiden Freunde begannen zu schwitzen, als sie einen ganzen Topf Basilikum, Grillkohle und die teure Sandelholzseife von Albis Mutter zerhackten. Professor Honigschwamm hatte das viel feiner hingebracht! Verzweifelt stopfte Albi die Zutaten in die Küchenmaschine.

Doch jetzt färbte die Kohle alles schwarz und zudem begann die Seife wie ein Schaumbad zu schäumen. Und schon bald würde Rosalie Artich herunterkommen,
um Frühstück zu machen!
„Das hat so viel Ähnlichkeit mit der Nährlösung wie eine rosa lackierte Rüsselmaus. Aber danke, dass du versucht hast, mir zu helfen.“ Egon ließ die Schultern hängen. Seine Glupschaugen füllten sich wieder mit Tränen. „Jetzt wird Oma Krumpfling wohl zur Strafe Suppe aus mir kochen.“
Albi musste selbst einen Kummerknödel im Hals herunterschlucken, als er seinen Freund so hoffnungslos sah. Er setzte ihn vorsichtig auf die Handfläche und streichelte ihm über das pelzige Köpfchen.
Plötzlich hielt er inne. „Was hast du gerade gesagt? Suppe?“
Egon nickte. „Krumpflingssuppe aus dem daddl-dummen Egon.“
„Quappenquatsch!“, rief Albi. „Buchstabensuppe aus der Tüte! Das ist es! Ich wusste doch, dass

mich die Nährlösung an etwas erinnert!“ In Windeseile stand Albi am Herd und erhitzte Wasser. Seine Mutter hatte immer ein paar Tütensuppen aus dem Biomarkt vorrätig, falls es mittags einmal schnell gehen musste.

„Ich mag am liebsten die mit den Buchstabennudeln, weil man daraus so lustige Wörter legen kann“, erklärte er Egon. „Aber jetzt müssen wir sie alle herausfischen.“

Gesagt, getan. Das Ergebnis wurde perfekt! Punkt halb sieben stellte Albi die neu gefüllte Blechtasse neben dem Blumentopf mit der Krumpfnuss ab. Während Rosalie Artich beim Anblick ihrer Küche die Hände über dem Kopf zusammenschlug, tanzten Egon und Albi im Gewächshaus einen Freudentanz. Nicht einmal Oma Krumpflings Urgroßmutter mit ihrem Geheimrezept hätte einen Unterschied erkannt. Jetzt konnte die Sippenchefin ruhig kommen!

Freunde für immer

Am späten Vormittag marschierte Oma Krumpfling ins Gewächshaus, um nach dem Rechten zu sehen. Egon war gerade beim Gießen.
„Sehr tüchtig, Egon!“, sprach Oma Krumpfling eines ihrer seltenen Lobesworte aus, aber dann schnüffelte sie. „Köttelkomisch. Irgendwas riecht hier nach Gemüsebrühe.“
Sie stippte mit der Kralle in die Nährlösung und schleckte sie ab. Egon hielt die Luft an. Hoffentlich bemerkte sie jetzt nichts!
Doch Oma Krumpfling spuckte sofort wieder aus und meinte: „Igittigittbäh-Iltismist! Gestern hat die Butzelbrühe nur halb so gut gerochen und doppelt so gut geschmeckt.“ Sie rülpste.

„Natürlich, die Nährlösung ist ja auch nicht zum Essen gedacht."
Egon nickte bestätigend und hoffte, dass sich Oma Krumpfling bald wieder trollte. Er hatte Glück.
„Mir wär das zu langweilig, hier die ganze Zeit herumzuhocken und Daumenkrällchen zu drehen", meinte die Chefin im Davontrotten. „Man sieht sich."
Sie wollte ihr Mittagsnickerchen verlängern, nachdem ihr Nachtschlaf ja etwas zu kurz gekommen war. Dass Egon auch müde sein könnte, daran dachte sie natürlich nicht. Normale Krumpflinge überlegen schließlich nicht, wie sich jemand anderes in seinem Pelz fühlt!

Dafür dachte Albi an Egon. Er konnte es kaum erwarten, aus der Schule nach Hause zu kommen. Gleich nachdem er seine Hausaufgaben erledigt hatte, rannte er ins Gewächshaus. Seine größte Sorge war, ob sich die Krumpfnuss auch mit der falschen Nährlösung entwickelte!

Von wegen Schimmel und Schleim! Egon musste in sich hineinkichern. Wenn der Professor wüsste, dass die Krumpfnuss in Wirklichkeit mit Buchstabensuppe gedüngt wurde!
„Ich kann‘s kaum erwarten, bis der kleine Spinatstinkerling endlich fertig ist!“, kicherte Oma Krumpfling. Aufgeregt scharrte sie mit den Krallen in der Erde. „Dann habe ich 50 grausliche Krumpflinge, über die ich befehlen kann!“
Doch Professor Honigschwamm zog sie an der Kittelschürze zurück.
„Geduld, Geduld!“, mahnte er. „Bis morgen Vormittag wird es schon noch dauern, bis das Kerlchen richtig reif ist. Wie sagt das Sprichwort? Schlecht Ding will lange Weile haben! Langeweile!“

Der Rupftag

Aber am nächsten Tag war es dann wirklich so weit! Egon fühlte sich sehr erleichtert, dass die anstrengende Wache nun bald zu Ende sein würde. In der letzten Nacht hatte er kein Auge zugemacht, aus Sorge, er könnte eine gefräßige Blattlaus übersehen haben. Aus der Erde ragte jetzt bereits die Hälfte des Köpfchens, ungefähr wie ein halber, bemooster Golfball.

Zum Rupftag des neuen Familienmitglieds marschierte die ganze Krumpflingssippe im Gewächshaus auf. Alle waren festlich herausgeputzt. Zur Feier des Tages hatte Oma Krumpfling sogar die Tintenpatronen, die sie als Lockenwickler trug, glänzend poliert. Dusselkurt war mit Handkäse frisch parfümiert. Und die Krallen von Fräulein Glemmer funkelten in unterschiedlichen Farben.

Vorsorglich hatte Professor Honigschwamm in seinen freien Stunden aus den Rädern einer Modelleisenbahn und einer Puderdose einen Krumpfkinderwagen konstruiert. Damit sollte das neue Familienmitglied zurück in die Krumpfburg transportiert werden. Sogar Windeln aus gemustertem Küchenpapier hatte der Lehrer zurechtgeschnitten und eingepackt.
Die Kapellenkrumpflinge tröteten einen Tusch ...
TRARATRÄÄTOIIING!

Und dann ging es los: Unter Anweisung von Professor Honigschwamm tastete Oma Krumpfling in der Erde nach den Öhrchen des kleinen Krumpflings.
„Und jetzt mit Gefühl!" Professor Honigschwamms Stimme zitterte vor Aufregung. „Mit Gefühl!"
Oma Krumpfling ließ sich nicht beirren. „Papperlaklappe! Als ob das der erste Krumpfling wäre, den ich aus der Erde rupfe." Sie zählte: „Eins ... zwei ... Krumpf und Rausausdemsumpf!"
Und mit Schwung zog sie das Wesen, das sich aus der Krumpfnuss entwickelt hatte, aus seinem Blumentopf. Sie hielt es hoch in die Luft, damit es alle bestaunen konnten.
Egon hatte das Gefühl, sein Krumpflingsherz würde überlaufen vor Freude. Es war wirklich ein Wunder! In den Pfoten der Chefin baumelte ein klitzekleiner Krumpfling, kaum so groß wie

ein dickes Essiggürckchen! Er hatte die Glupschäuglein geschlossen und nuckelte schmatzend an der Daumenkralle. Auf dem feuchten Fell klebten noch Erdkrümelchen. Trotzdem schien es Egon, als hätte er noch nie so etwas Zauberzuckersüßes gesehen. Fräulein Glemmer schien es ähnlich zu gehen.
„Hach. Zum Knuddeln hässlich!", meinte sie seufzend.
Doch schon forderte Oma Krumpfling ihre Sippe auf: „Krumpflinge, wir begrüßen unseren neuen Mitbewohner und versprechen ihm, immer schön böse und gemein zu ihm zu sein!" Dann setzte sie zum Rupftagslied an:
„Viel Unglück und viel Regen auf all deinen Wegen, Gemeinheit und Schadenfreud' sei auch mit dabei!"
Als Nächster fiel Dusselkurt ein, dann plärrten die Zwillinge dazu, und schließlich schmetterte Fräulein Glemmer ihren Einsatz. Zum Schluss zitterten alle Pflanzen im Gewächshaus unter dem Kanon der Krumpflinge. Nur der schleimige

Schorschi kniff das Maul ganz fest zusammen. Was, wenn Oma Krumpfling den neuen Krumpfling nun lieber mochte als ihn? Das wollte er erst einmal abwarten, bevor er dem zerrupften Zappelzwerg hier zum Rupftag gratulierte!
Als der letzte Ton verhallt war, erhob Oma Krumpfling die Stimme:
„Und jetzt taufe ich dich auf den Namen … äh ...“
Sie sah sich fragend zu Professor Honigschwamm um. „Wie wollen wir unseren Minifurz überhaupt nennen?“
Der Professor war von alledem so gerührt, dass

er sich die Schnauze an einem Geranienblatt abwischen musste. Zwischen zwei Schniefern meinte er: „Ich ... ich bin überwältigt. Ich... ich ... weiß gerade gar nicht, was ich sagen soll. Ga ... ga ... ga ... gar ... nicht."

In diesem Moment fing der Kleinkrumpf an zu strampeln. Es sperrte die blauen Glupschäuglein weit auf und setzte zu einem löffelohrenbetäubenden Schrei an.

„Krumpfgenialer Vorschlag!", kreischte Oma Krumpfling über den Krach hinweg. „Ich taufe unser 51. Sippenmitglied auf den Namen Gaga Krumpfling!"

Ogen Krimpflung

Gaga Krumpfling strampelte und brüllte immer noch lauter. Nur mit Mühe konnte Oma Krumpfling ihn in eine Windel packen und in seinen Kinderwagen stecken. So schob sie ihn bis zum Hauptplatz der Krumpfburg. Die Sippe folgte ihnen mit Sicherheitsabstand, die Pfoten auf den Löffelohren.

Was für ein Glück, dass Frau Artich gerade neue Tütensuppen einkaufte, dass Herr Vogelsang mit seiner Kettensäge an einem Kunstwerk arbeitete und dass in Frau Zofflers Hörgerät immer noch die Batterien leer waren. So bekam kein Mensch den Rabatz mit!

Auch zu Hause in der Krumpfburg hörte Gaga nicht auf zu schreien. „RRRAAHWUAAH!"

Die ersten Krumpflinge verdrückten sich bereits unauffällig in ihre Wohnhöhlen.

„Beim Büffelbart, mit dieser Stimme kann man ja Panzernashornglas zersprengen!“, schimpfte Oma Krumpfling.

Auf ihren Befehl brachte der Wirt der „Schimmeligen Morchel“ zwei kleine Champignons und ein Babyfläschchen voller Krumpftee mit saurer Milch. Die Pilze ließ sie in der Tasche ihrer Kittelschürze verschwinden, das Fläschchen übernahm Professor Honigschwamm. Doch als er es Gaga ans Mäulchen hielt, schlug der Babykrumpfling es ihm aus der Pfote. Das Fläschchen knallte dem Lehrer mit Schwung gegen die Schnauze und kullerte dann unter den großen Duschkopf.

„OIOIOIAUA!“ Jammernd sprang Profesor Honigschwamm auf einem Bein herum. „Warum zielen

immer alle auf meine empfindliche Schnuffelschnauze? Auf meine Schnauze?“

Oma Krumpfling kicherte schadenfroh. Der kleine Gaga entwickelte sich ganz nach ihrem Geschmack. Wenn er nur nicht so einen Höllenschlundlärm veranstalten würde! Hilfe suchend ließ sie ihren Blick über die noch herumstehenden Sippenmitglieder gleiten. Sie wollte diesen Schreischrecken jetzt möglichst schnell loswerden. Aber alle Krumpflinge, die sich noch nicht verkrümelt hatten, schauten ganz unbeteiligt zur Decke und streckten schnell die Pfoten hinter den Rücken. Nur Egon Krumpfling starrte immer noch hingerissen auf die kleinen Pfötchen und die flauschigen Öhrchen und die großen Kullermurmelaugen. Ganz versonnen bestaunte er Gaga. Zu gerne hätte er einmal das gürkchengrüne Fell berührt. Oma Krumpfling witterte ihre Chance.

„Wenn du den Teelöffel-Hockeyball nicht verschossen hättest, hätten wir die Krumpfnuss nicht gefunden. Dann gäbe es auch diesen Brezelbalg hier nicht. Also darfst du dich jetzt um ihn kümmern!“

Sie zerrte den strampelnden, kreischenden Gaga kurzerhand aus dem Wagen und drückte ihn Egon in die Arme. Der hielt stolz den flaumweichen Fellpuschel.

„Ich bin Egon“, erklärte er Gaga mit sanfter Stimme. „Dein großer Bruder Egon Krumpfling.“

Zur Verwunderung aller anderen Krumpflinge hörte Gaga sofort auf zu plärren. Er steckte Egon seine mausebabykleine Kralle ins Nasenloch und popelte darin herum. Mit der freien Pfote zog er ihn am Löffelohr und quietschte: „Ogen listug! “ Dann deutete er auf die Sippenchefin: „Amo Krimpflung gunz damm!“
Die umstehenden Krumpflinge warfen sich vor Lachen auf dem Boden, als sie das hörten.
Nur Oma Krumpfling färbte sich ferkelrosa vor Empörung. Professor Honigschwamm vergaß, an seiner Schnauze zu reiben, und stellte fest: „Unser 51. Krumpfling scheint einen Sprachfehler zu haben. Einen Sprachfehler. Krumpfiger Bimbam!“
Wie zur Bestätigung klingelte die Nickerchenglocke einmal zum Mittagschlaf. Bimmelimm.
Gaga nickte stolz. „Gaga Sprechfahler! Gaga Hungar!“
Er legte Egon beide Pfoten um den Hals und knabberte an seiner Backe. Oma Krumpfling angelte das Fläschchen unter dem großen Duschkopf hervor und schob es Egon in die Pfote.

Schluck Krumpftee zu sich genommen, seit er vor drei Tagen seine kleine Ration für die Nährlösung abgegeben hatte. Und – im Gegensatz zu allen anderen Krumpflingen – hatte er wirklich alles abgegeben!

Auch jetzt wollte er seinem kleinen Bruder nichts wegnehmen. Doch Gaga hatte immer noch keine Lust auf Krumpftee.

„Pfui Teefeul!" Mit dem Füßchen kickte er gegen die Flasche, sodass die diesmal bis in Oma Krumpflings Handtasche flog. Trainer Plerri hätte den Pass bestimmt toll gefunden, doch Egon war gar nicht begeistert.

„Was machst du denn, du verrücktes Krumpffellknäuel?"

Er starrte ängstlich auf die Öffnung. Jeder Krumpfling lernte schon im Krumpfkindergarten

die Krumpfling-Regel Nr. „Wichtiger-als-1“: Oma Krumpflings Schlaf ist heilig!
Doch aus der Handtasche zischte nur ein lauter Schnarcher: „Grrrschjüpühauaautsch ... grrrchch ...“
Das war ja gerade nochmal gutgegangen!
„Sich much!“, piepte Gaga jetzt hinter ihm.
„Wenn du gerne magst, spielen wir eben Verstecken“, antwortete Egon und hielt sich die Pfoten vor die Glupschaugen. „Neun, acht, zwölf, ich komme!“
Dann machte er sich auf die Suche. Gaga war wie vom Kellerboden verschluckt. Er versteckte sich weder in der Schulschachtel unter den Zigarrenkistentischen, noch war er unter den roten Strumpfhosenteppich in der Festhalle gekrochen. Als Nächstes schaute Egon in der Bibliothek nach.
„Hat Gaga sich vielleicht hier versteckert?“, fragte er.
Fräulein Glemmer sah vom Spiegel auf, vor dem sie verschiedene Frisuren probierte. „Der kleine

Hosenpupser hat sich flunderplatt gemacht und liegt im Lexikon der fiesesten Tricks", verriet sie kichernd. „Auf Seite 407."

Doch Egon wusste, dass die Bibliothekarin ihn hereinlegte. Seufzend lief er wieder nach draußen.

„Aber wenn du Hilfe beim Krumpflingssitten brauchst, ich unterstütze dich gerne!", rief sie ihm noch hinterher.

„Haha. Auf deine Scherze fall ich nicht mehr herein, du fiese Buchstabennudel!", schimpfte Egon vor sich hin.

Als Nächstes guckte er in seine eigene Wohnhöhle, die Kindergießkanne. Außer ein paar Rostflecken war darin nichts zu sehen. Langsam wurde Egon nervös.

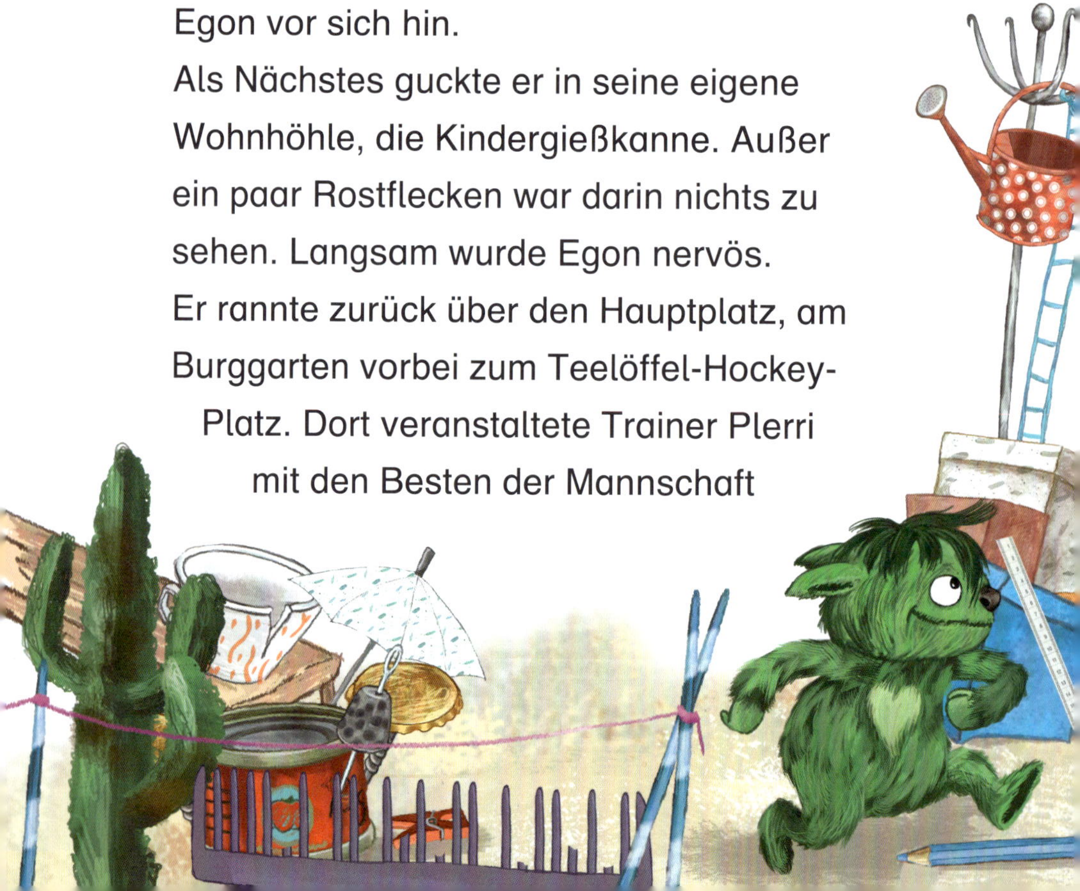

Er rannte zurück über den Hauptplatz, am Burggarten vorbei zum Teelöffel-Hockey-Platz. Dort veranstaltete Trainer Plerri mit den Besten der Mannschaft gerade ein spezielles Foultraining. Von Gaga aber war kein grünes Härchen zu sehen. „Strengt euch halt an, ihr Kamelkameraden!“, schrie Trainer Plerri. „Wenn ihr nicht bald lernt, wie ihr den muffeligen Mampflingen in die Latschen grätscht, dann gehen wir beim Wettbewerb baden!“

Da horchte Egon auf: Baden? Oh Krumpf! Die Babybadewanne! Da die Krumpflingsschüler beim Schulausflug neulich die Regenrohrrutsche benutzt hatten, war das Auffangbecken an ihrem unteren Ende noch voll mit Wasser. Falls der kleine Gaga dort spielte, könnte er darin ertrinken!

Wieselflink sauste Egon hinter die Mauer der Krumpfburg zum Wasserbecken. Doch nur ein paar Silberfischchen dümpelten in der modrigen Brühe. Jetzt war Egon richtig erleichtert, Gaga nicht zu sehen! Ganz außer Puste lehnte er sich gegen Rand der Babybadewanne. In der Krumpfburg hatte er alles abgeklappert. Wo steckte dieser raffinierte Flusenminiwicht bloß?

Schlagartig wurde es Egon wasserkocherheiß. Wenn sich Gaga nicht in der Krumpfburg befand, musste er oben in der Menschenwelt sein! Nicht auszudenken, was ihm dort alles passieren konnte! Menschen hatten Rattenfallen, gefräßige Dackel und Absätze an den Schuhen! Egons kleines Krumpflingsherz fühlte sich vor Sorge schwer wie ein Käserad an.
Beim Spurt über die Kellertreppe übertraf er seinen eigenen Geschwindigkeitsrekord. Wo sollte er weitersuchen? Er linste ins Wohnzimmer. Frau Artich stocherte gerade mit dem Rohr des Staubsaugers unter dem Sofa herum. Hatte sie Gaga schon eingesaugt?
„Mal den Unglücksteufel nicht an die Wand, Egon Krumpfling!“, beruhigte Egon sich selbst. Sicherheitshalber zerrte er aber doch den

Stecker aus der Steckdose, damit Frau Artich nicht weiter saugen konnte. Als sie sich nach dem Grund umsehen wollte, stieß sie mit dem Kopf gegen die Sofakante. So blieb Egon genügend Zeit, aus der Tür zu witschen. Er raste weiter nach oben ins Kinderzimmer. Vielleicht konnte Albi seine Mutter dazu bewegen, statt des Hausputzes einen Spaziergang an der frischen Luft zu machen?
Albi saß an einer Vorgangsbeschreibung über das Basteln eines Kresse-Igels.
„Egon! Wie steht's? Wie geht's mit der Nuss? Ich bin gleich fertig und dann komm ich zu dir ins Gewächshaus!"
„Iwo, der verrückte Krumpfzwerg ist schon längst ausgerupft!", erklärte Egon.
„Das ist ja wunderbar!" Albi schüttelte Egons Pfote. „Gratuliere zum Brüderchen!"
„Ganz und gar furchterbar ist das", widersprach Egon. „Ausgerupft und davongehupft! Gaga ist ganz gaga. Er mag keinen Krumpftee und vertauscht Buchstaben. Ich soll auf ihn aufpassen,

Auch wenn Frau Artich sich ärgerte, brachte sie kein Schimpfwort über die Lippen.
„Entschuldige, Mama, das war ich. Frau Zoffler hat gerade angerufen und lässt fragen, wo du bleibst. Sie wartet mit dem Kaffee auf dich“, schwindelte Albi. Eigentlich log Albi ungern, aber inzwischen wusste er, dass es so etwas wie Notfalllügen gab. Und er wusste, wenn Frau Zoffler erst mal anfing mit seiner Mutter zu quatschen, dann käme die nicht so schnell zurück.
„Heute? Ich dachte, morgen!“ Frau Artich wollte aufspringen. Dabei schlug sie wieder von unten gegen die Tischplatte. Erleichtert sahen die beiden Freunde zu, wie sie schließlich aus dem Zimmer stürzte.
Egon hoffte, dass Gaga sich gut genug versteckt hatte, aber unter dem Sofa war keine Fluse zu entdecken.
„Ojeojeoje, deine Mutter hat meinen kleinen Bruder eingerüsselt“, heulte er. „So ein Erdkrötenelend!“
„Alles wird gut. Wir holen ihn da wieder raus.“

Vorsichtig entfernte Albi den Beutel aus dem Sauger. Dann schnitt er ihn der Länge nach auf. Schweißtropfen bildeten sich auf seiner Stirn. Er durfte den kleinen Gaga auf keinen Fall mit der Schere verletzen. Falls der überhaupt noch … Den Gedanken wollte Albi lieber nicht fertigdenken. Als er die Beutelseiten auseinanderriss, wirbelte Staub auf wie ein Wüstensturm. Albi tastete die Füllung ab. Jetzt spürte er eine Münze. Das da musste ein Legostein sein. Aber dazwischen war etwas Festes und zugleich sehr Weiches, ungefähr so groß wie ein Essiggürkchen!
„Ich hab ihn!", rief er erleichtert.
Doch als sich die Staubwolke auf den weißen Teppich gelegt hatte, sahen sie, dass Albi nur eine dicke Wollmaus in der Hand hielt.

Eine besondere Suppeneinlage

Die beiden Freunde beschlossen, ihre Suche im Garten wieder aufzunehmen. Vielleicht war es Gaga ja gelungen, rechtzeitig durch die Terrassentür zu schlüpfen? Aber gerade als sie hinten hinausgehen wollten, klingelte es vorne an der Haustür Sturm.

„Verdam...pft. Das ist bestimmt Mama, die in der Hektik den Schlüssel vergessen hat. Sie wird furchtbar wütend sein, weil ich sie reingelegt habe und Frau Zoffler sie gar nicht zum Kaffee erwartet hat!"

Anscheinend ging heute alles schief. Egon tat es furchtbar leid, dass sich Albi für ihn in Schwierigkeiten gebracht hatte!

„Mach ihr schnell auf, damit's nicht noch schlimmer wird. Wenn man Oma Krumpfling warten lässt, wird sie sauer wie Stinkmorchelmarmelade!"

Seufzend öffnete Albi die Haustür. Egon linste hinter seiner Schulter aus der Kapuze heraus. Doch als er sah, wer zu Besuch kam, kletterte er erleichtert von dort auf Albis Schulter.
Vor der Tür stand niemand anderes als Albis Freundin Lulu Vogelsang. Das Nachbarmädchen grinste von einem Zopf zum anderen.
„Mein Papi hat gerade Ministranten zum Mittagessen gemacht.“
„Minestrone? Um drei Uhr am Nachmittag?“
Obwohl Albi die Familie Vogelsang inzwischen gut kannte, wunderte er sich immer noch, zu welchen Zeiten Lulus Vater das Essen auf den Tisch brachte. Doch Lulu überhörte seine Frage.
„In meiner Suppe war eine Einlage, die euch intesserieren könnte. Kommt!“, rief sie geheimnisvoll und stürmte an den Freunden vorbei in Albis Zimmer.

Dort versperrte sie als Erstes die Tür. Nachdem sie kontrolliert hatte, ob die Fenster geschlossen waren, zog sie unter ihrem Pulli eine kleine Pappschachtel hervor. In den Deckel hatte sie mit einer Stricknadel Löcher gestochen.
Albi wusste gar nicht, was er von der Geheimniskrämerei halten sollte.
„Wir haben leider überhaupt keine Zeit zum Spielen“, sagte er entschuldigend.
Egon bestätigte: „Wir müssen dringdrängend meinen kleinen Bruder Gaga finden!“
„Aha, so was dachte ich mir schon. Am besten, ihr fangt in dieser Schachtel mit der Vermisstenfindung an!“, empfahl ihnen Lulu. Albi hob neugierig den Deckel.
Egons Glupschaugen wurden groß wie Flummis, als er sah, wer dort putzmunter auf einem Halstuch hockte und sich kleine Sternchennudeln vom Fell schleckte: Gaga Krumpfling!
„Nech mohr lecker Seppu!“, rief er vergnügt.
Mit einem Satz sprang er aus der Schachtel und hopste zum Fenster. Wie gut, dass Lulu es vor-

sorglich geschlossen hatte! Gaga kletterte auf den Griff und rüttelte daran. Als er bemerkte, dass dies nichts nützte, machte er einen großen Sprung zum Regal und schnüffelte an Albis Büchern.

„Becher auch lücker!“

„Gaga ist gesund. Was für ein Krumpfglück!“, jubilierte Egon. In ihm explodierte die Erleichterung wie ein Tischfeuerwerk. Doch jetzt spürte er auch die Erschöpfung. In den letzten Tagen hatte er wirklich kaum geschlafen! Und dann die Rennerei und das Nervengezerre! Seine Glupschaugen füllten sich schon wieder mit Tränen, als er daran dachte, was ihm als Nächstes bevorstand. „Wie soll ich diesen Wimmelfitz

Am liebsten hätte Egon die Augen wieder zugemacht, um den Frieden nicht zu stören. Aber er konnte Gaga ja nicht für immer und ewig oben bei seinen Freunden lassen!
Also kroch er seufzend aus den Federn. Prompt entdeckte ihn Gaga und purzelte auf ihn zu.
„Bredur Ogen mit Gaga Verstecken spelin!“, quiekte er. „Eins, verziehn, zwinzag!“
Egon verkroch sich schnell zurück unter die Bettdecke. Jetzt ging alles wieder von vorne los!
Wenn er gewusst hätte, wie anstrengend es war, großer Bruder zu sein, hätte er sich nicht so darauf gefreut!
Doch Albi sagte streng zu Gaga: „Weißt du noch, was wir ausgemacht haben? Du folgst jetzt brav, dafür bekommst du das G und das A aus meinem Scrabblespiel! Und dann bringt dich

Egon in die Höhle mit den vielen Büchern."
„Bachstuben, Bechür!", jauchzte Gaga und patschte in die Pfötchen. „Helööh!"
Albis Bestechung wirkte! Ohne Widerrede folgte Gaga Egon bis in den Keller zurück. Egon musste immer nur mit den beiden Buchstabensteinchen winken. So lotste er den kleinsten Krumpfling geradewegs in die Bibliothek. Genau wie Lulu und Albi vorhergesehen hatten, stürzte sich Gaga sofort auf das erste Buch, das er zwischen die Pfötchen bekam: „101 Krumpflingsregeln – Auslegung und Fallbeispiele". Egon beobachtete, wie Gaga an den Buchstaben auf dem Einband herumschleckte. Jetzt entdeckte auch Fräulein Glemmer den Baby-Krumpfling.
„Da ist ja unser grausliches Schnuckipuckili und bringt Leben in die Schimmelbude!", zwitscherte sie begeistert. Sie kramte zwischen den elf Büchern und zog ein besonders dickes mit bunt gemalten Krumpflingskindern auf dem Umschlag heraus. „Für dich habe ich etwas viel Besseres als das latschenlangweilige Regelwerk. Komm

her, dann lese ich dir ein Krumpfmärchen vor.“ Gaga schnupperte und krabbelte sofort auf ihren Schoß. „Verlosen!“

„Das Märchen vom feigen Krumpfilein“, begann Fräulein Glemmer. „Es war einmal hinter den sieben Kellern ...“

Keiner der beiden achtete noch auf Egon, der sich lautlos aus der Bibliothek schlich. Draußen horchte er kurz. Aber als er aus der Hutschachtel nur fröhliches Gebrabbel und lustige Buchstabenverwechselungen hörte, trabte er erleichtert davon.

Egon schießt ein Tor

Auf dem Teelöffel-Hockeyplatz wurde Egon schon sehnlichst erwartet. Oma Krumpfling hatte dem Trainer ihren letzten Kugel-Kaugummi geschenkt. Endlich konnte die Mannschaft wieder üben!

„Links vorne zum Sturmgewitter. Mit Dampf, du Schleichschildkröte!", empfing Trainer Plerri Egon und schubste ihn aufs Spielfeld. „Und schwing den Löffel, Herzzeckerl, sonst können wir den Wettkampf gegen die Mampflappen kleinknicken."

Das ließ sich Egon nicht zweimal sagen. So sehr hatte er sich schon lange nicht mehr aufs Training gefreut! Federleicht wie ein Mauersegler flog er zwischen den Toren aus Seifenschalen hin und her. Obwohl ihn Kniff zwickte und Adelheid ihm ein Bein stellte, gelang es Egon immer

wieder, den Kaugummi zu ergattern.
Die Armbanduhr auf dem Turm zeigte schon nach acht, als Professor Honigschwamm am Spielfeldrand erschien: „Ich möchte daran erinnern, dass noch Hausaufgaben zu erledigen sind. Hausaufgaben."
„Steck dir halt deine Hausaufgaben auf die Bartspitzen!", entgegnete Trainer Plerri. „Ansage der Chefin: Gewinnen ist wichtiger!"
Die Mannschaften freuten sich schon auf den Streit, der gleich zwischen den beiden ausbrechen würde. Egon jedoch nutzte den Moment der Unachtsamkeit und schnappte Panko den Kaugummi weg. Das Tor lag nun völlig frei vor ihm. Trainer Plerri erkannte die Chance und ließ Professor Honigschwamm einfach stehen.
„Grunzgut, Egon, schlenz die Kugel in die Schachtel, dann mach ich dich zum Libero!", feuerte er Egon an.
Alle schauten auf den kleinen Krumpfling mit dem Herzchenfleck. Für einen Augenblick genoss Egon die Aufmerksamkeit der ganzen Sippe.

Neben Professor Honigschwamm und Trainer Plerri tauchten jetzt sogar Oma Krumpfling und der Dusselkurt auf. Und da war auch plötzlich Fräulein Glemmer mit ihrem neuen Schützling. Sie winkte ihm zu. Egon holte mit dem Schläger aus ... Jetzt nur das Tor nicht versemmelknödeln!
„Auweia. Das geht wieder daneben“, murmelte er vor sich hin. „Egon Krumpfling, du bist viel zu aufgeregt!“
Da sah Egon aus den Augenwinkeln, wie sich Gaga Krumpfling von der Pfote der Bibliothekarin losriss. Egon schwang den Teelöffel durch die Luft.
„Ogen Tier schost“, quietschte Gaga und sauste quer über den Platz auf ihn zu. Egons Schläger

traf den Kaugummi in dem Moment, als Gaga auf Egons Rücken sprang. Egon kippte nach hinten. Der Teelöffel rutschte ihm aus der Pfote. Und in einem perfekten Bogen flog der Kaugummi geradewegs ins Tor.

Alle Krumpflinge applaudierten und Oma Krumpfling kreischte: „Krumpfbombastischer Trotteltreffer! Dafür spendier ich dir zwei Eierbecher voller Krumpftee!“

Egon strahlte. Es war doch schimmelschön, einen kleinen Bruder zu haben!

Annette Roeder

DIE KRUMPFLINGE

Egon zieht ein
96 Seiten,
ISBN 978-3-570-15858-6

Egon wird erwischt
96 Seiten,
ISBN 978-3-570-15859-3

Egon schwänzt die Schule
96 Seiten,
ISBN 978-3-570-17090-8

Egon taucht ab
ca. 96 Seiten,
ISBN 978-3-570-17123-3

Egon rettet die Krumpfburg
ca. 96 Seiten,
ISBN 978-3-570-17262-9

Egon wird großer Bruder
ca. 80 Seiten,
ISBN 978-3-570-17284-1

Egon wünscht krumpfgute Weihnachten
96 Seiten,
ISBN 978-3-570-17344-2

Egon macht Ferien
96 Seiten,
ISBN 978-3-570-17395-4

Egon spukt in der Schule
96 Seiten,
ISBN 978-3-570-17477-7

8308_9

www.cbj-verlag.de